pages

3rd COLLECTION

KB003374

pages

3rd COLLECTION

이름, 시

김나영

김은지

김택수

김현

이도형

이상영

장혜현

'pages' 는 여러 사람의 'page' 가 모여 완성된 책입니다.

매 권 특별한 주제(혹은 문장)와 장르 안에서
다양한 글을 엮어 만들어냅니다.

이름

1. 사물을 구별하기 위해 부르는 말
2. 어떤 장소나 시간 범위에 닿음
3. 무엇이라고 말함

세 번째 pages는 '시' 라는 형식을 빌어 이야기합니다.

김나영, 김은지, 김택수, 김현, 이도형, 이상영, 장혜현

7명의 작가가 이름을 주제로 삼아
누군가에게 이르는 마음을 이릅니다.

목차

누구나 혹은 무엇이나 그를 부르는 이름이 있습니다.

이름을 가진 모든 이(것들)는 나에게 (혹은 당신에게)
하나 혹은 그 이상의 의미가 있습니다.

그 이름이 나에게 주는 의미를
시로 풀어내면 어떨까 하는 생각에서
세 번째 'pages'는 출발했습니다.

그 속에 담긴 마음이 상대에게
온전히 이르기를 바랍니다.

김은지

정미

피카소와 카프카 말이야
결과적으로
프나 카가 들어간 이름이 성공하는 것 같아

그러니까 나는
이 시에서 그를
P라고 부르기로 한다

어제 꿈에서 언니와 팟타이를 먹었어요
그럼 오늘 진짜로 먹자
바쁜 P와 나는
꿈 때문에 저녁에 만난다

P와 나는
내년에 같이 책방을 오픈할 것이다
좋아하는 일을 하면서

김은지

돈도 벌 수 있는 방법을 찾아내기만 한다면

국수가 제일 많이 남는대요
우리 동네 사거리에는 국수 가게가 하나밖에 없는데 늘
자리가 없어요

옆 테이블의 대화가 잘 들려서
P와 나는
국수 파는 책방도 생각해본다

세 번이나 검색했지만
피카소와 같이 활동한 그 화가의 이름을
아직 외우지 못했다

나는
진심으로
언젠가
프나 피 혹은 카를 넣은 이름을
쓸 계획이지만

이 세상 어딘가에는

그 친구 화가의 이름이 들어간 책방이 있지 않을까 생각
하고
  진짜 있었으면 한다

  어제 꿈에서 했던 일을
  오늘 진짜 해보고
  서로의
  다듬은 머리가 어울린다고 말해주는

  들어봐
  내가 어떤 책을 만들 거냐면,

  따뜻하고 추운 나라
  책방 위치가 그려진 지도가
  진짜 있었으면 한다

  이 지도는
  구체적이진 않아도
  입체적이다

김은지   15

Miae Roh

나는 딱히 홍차를 좋아하지도 싫어하지도 않는데
집에 늘 홍차가 있다

홍차를 주는 친구는
항상 내가 먼저 연락하는 친구다

올가을 첫 홍차의 맛

이 얘기를 하려고
또 내가 먼저
연락하겠네

연희

낙타의 등 모양이라는 산에서
도시의 측면을 내려다보며
좁고 높은 건물의 옥상을,
올라가는 계단이 보이지 않는 옥상을
옥상이 아니라 하나의 뚜껑처럼 보일 때까지
응시했다

한 마을 하늘을 혼자 쓰는 새

광화문 전광판이 자그맣게 보이는 풍경이
게임보다 더 게임 같아

네온이 다시 유행이라고 하는데
형광이라는 말이 어딘가 촌스러운가 하면
네온사인이란 말은 더 오래된 말 같고
형광이란 단어도 시의 제목에 놓인다면 멋스럽지 않을까

김은지   17

뭘 쓸지 골몰하느라
단어들의 자리를 생각한 건 환승을 하면서였다

나를 놀이동산에 데려가준 사람들에 대해 쓸까
크리스마스 카드에 절교하고 싶었다고 쓴 사람에 대해
그 사람이 나중에 같은 방식으로 상처 준 것에 대해
코감기약을 먹고 꾼
잠수함 꿈에 대해

너무 늦게 걷는 것도 몸에 안 좋다던데
혼자서는 더 늦게 걷는다

관객석으로 만들어진 데크에 앉아 운동화를 벗었을 때
바람에 꿀이 든 것처럼 쾌적한 날씨였다는 것을 깨닫고
당황해서 계단에 등을 기댔다

'실외기'의 이름을 풀어본다
바깥 기계
대체 어떻게 이렇게 섭섭하게 이름을 지을 수 있는지,
이처럼 특별하고 단정한 이름이 또 있을까, 싶기도 하고

갑자기 퇴직하고
갑자기 휴일을 보내면서

내가 쓰고 싶은 건
여름 외투
겨울보다 추운 실내에서
어깨를 감싸주는
그런
시

루실과 리처드

- 비타민D는 포근한

개울가의 갈대가
바람에 흔들리는 게 아니라
빛 입자에 흔들리는 것 같다

형용사를 고유명사로 사용하고 싶어
오리와 검은댕기해오라기
이름을 붙여주며 시간을 보내고

작은방 티브이를 켠 다음
부엌에서 국을 끓인다

티브이 소리가 나는 집,
그런 시공간에
어울리는 이름

(   )

최선을 다해
하루를 보냈지만

반쯤 잠든 당신에게 부탁한다
굿나잇,
하고 말해달라고

꿈은 그냥 꿈이고
무엇의 반영도 아니라고

김은지

← **게시물**

 ipparangee   ⋮

오늘
'저의 시에 등장하신
갈대 님

     • • • •

tangjin_walk님 외 **84명**이 좋아합니다

ipparangee 💕😊💕 시 모임
매번 좋은... 더 보기

⌂   🔍   ⊕   ♡   ◉

이정희

왜 이렇게 잘해주세요?

나보다 꼭 열 살 많은 선배에게
내가 물으면서도 조금 그렇다고 생각했던 질문

뭐든 할 수 있는 시간이거든, 십 년은
내가 너를 보면,

뭉텅뭉텅 시간이 지났고
선배와 지인들과
후암동 수제 버거 가게에 왔다

십자 긋기로 그리는 화가
살구색 원피스
살구색 작품
전시 부스 뒤편을 빼꼼 확인하는 사람을 귀엽다고 느꼈는데

김은지   23

다음 사람이 또 그러고
소스 통이 달린 샐러드 컨테이너를 따라 사고
비 냄새
내비게이션을 무시하며 우회전하는 찰나의 카리스마
스페인에서 산 샌들과
휴대폰의 새로운 촬영 기능
저렇게 험하게 주차하면
사실 치지 않아도 저건 저 사람 잘못이야

나의 관심과 사람들의 관심이 섞인
웨이팅 16은
구름의 속도로 흘렀다

수제 버거가 진짜 맛있어요

안 좋아하는 음식이 처음으로 괜찮게 느껴지는 순간
고개를 돌리면
야경을 시작한 도시

왜 이렇게 잘해주세요

김은지

김은지

시 쓰고 소설 쓰고 팟캐스트 만들고
그림 그리고 대본도 씁니다.
다음 책들 많이 사랑해 주시면 감사합니다.

<책방에서 빗소리를 들었다>,
<고구마와 고마워는 두 글자나 같네>,
<코니의 소중한 기억>, <브라운과 친구들>,
<영원한 스타-괴테 72세>,<팟캐스터>,
<초, 가을이 되려 해>,<장발 토끼>

이름 시 /5페이지 쓰기

에이미 님이 가져오신 책을 낭독한다.

헤르만 헤세가 난로와 대화하는 부분이다.

헤세의 난로는 이름이 있다.

'프랭클린'이다.

난로와의 대화인 만큼 아무리 지적인 얘기를 해도 따스

하고 귀엽다.

'오늘도 기대보다 훨씬 멋진 책을 알게 되었네.'

작은 기쁨이 몽글몽글 차오른다.

책방 지구불시착에는 글쓰기 모임이 있다.

각자가 읽고 있는 책을 소개하고 낭독도 한다.

오늘은 다섯이 둘러앉아 감자튀김을 먹고

에이미 님이 헤르만 헤세의 『겨울』이라는 책을 읽어

준다.

나는 다음 달까지 '이름 시'를 몇 편 써야 한다.

이름을 넣은 시, 이름에 관한 시를 쓰는 것이다.

그래서 헤세의 난로가 이름이 있다는 부분에서 귀를 쫑
긋했다.

좋은 글을 쓰고 싶은 마음일 때 좋은 글에 더 집중할 수
있는 것은 좋은 덤.

얼마 전에 책방 gaga77page 사장님께서 연락을 주셨다.
'이름 시 시집'을 기획했는데 같이 작업하자고.
너무 반가웠다.

나는 엄마의 본명을 시에 쓴 적도 있고,
시에서 이름을 밝히진 않았지만 한 친구를 생각하면서
긴 시를 쓴 적도 있다.
'이름으로 시를 써야지' 한 것은 아니었고 쓰다 보니 그
렇게 되었다.
『테스』 『제인 에어』 『82년생 김지영』
이름을 제목으로 할 때 한 사람의 인생이 택배 박스처럼
구체적으로 나에게 전달된다.
나는 누구 이름으로 글을 쓸까?
나와 엄청 인연이 깊은 사람?
그냥 지금 첫 번째로 눈에 띈 사람?

황당한 것은 성도 이름도 잘 기억 안 나는 사람들이 너무 우선적으로(?) 떠오른다는 것이다.

'이름에 관해 쓰는 거'라고 하니까

'이름은 기억 안 나는 사람'과의 '거의 잊었던 추억들'이 생각나다니.

정말 알 수 없다.

이를테면 언젠가 새벽에 편의점에서 만두를 먹은 적이 있다.

봉투를 살짝 뜯고 전자렌지에 돌렸는데, 만두를 그렇게 먹어본 적은 그때뿐이다.

녹색과 빨간색의 그 만두 봉지를 뜯던

그 사람의 이름은 뭐였을까?

어릴 때 정말 좋아한 곰 인형이 있었다.

언니 친구가 준 인형이었다. 너무 좋아해서 항상 안고 다녔다.

곰 인형의 눈, 코, 입, 초콜릿색 털은 너무 생생한데 이름은 기억이 안 난다.

'친구들과 같이 술을 마시는데 너 혼자 너무 안 마시는 것도 예의가 아니다!'

라고 나에게 정색하고 가르쳤던 친구도 왜인지 떠오른다.

우리는 중학생이었는데...

친구의 말도 일리가 있는 거 같아 고개를 끄덕이며 편협한(?) 나를 반성했었다.

아, 이 친구는 이름이 생각난다. 문득 안부가 궁금하다.

이렇게 시를 쓰기 위해 과거로 과거로, 과거로 다녀오는 일은 재미있지만 힘이 든다.

내 삶에 나타났다가 사라진 것들이 무슨 기준으로 기억에 남고 무슨 기준으로 망각되는지 알 수가 없다.

오글거리는 연애 시를 써볼까도 생각했다.

보고 싶은 사람의 이름을 주술처럼 중얼거리고, 흥얼거리는.

주술은 어떤 '목적'을 가지고 있지만

사랑의 열병으로 이름을 자꾸 부르는 일은

딱히 목적도 없이 하는 일이기 때문에 '주술처럼'이라고 할 수도 없다.

지금 사랑하는 사람의 이름을 부르면 바로 나를 돌아본다.

오글거리는 시는 쓸 수 없을 것 같고 듬직한 시를 쓰게 될 것 같다.

'누구에 대해 쓰지?' 결정하지 못한 채 두 편의 시를 썼다.

항상 기대를 넘어서는, 의외의 글을 쓰고자 하면서도
처음 의도에 맞는, 기대를 배반하지 않는 글도 쓰고 싶어
계속 고민했다.

마감을 앞두고 시로 쓰고 싶은 사람이 떠올라 한 편을
썼다.

출연자(?)가 마음에 들어해서 안심이다.

써두었던 시 두 편도 이번에 같이 퇴고할 수 있었다.

힘든 날이 지나길

소중한 일상으로 돌아가기를

기도를 담아 원고를 마무리한다.

김은지

유재석

"내가 그의 이름을 불러주었을 때,
그는 나에게로 와서
꽃이 되었다"

*김춘수 시인의 <꽃>에 나오는 한 구절처럼
그는
한 사람의 이름을 부른다
또 한 사람의 이름을 부른다
처음 만난 8명이나 되는 작가들의 이름을
한자리에서 바로 외워 부른다

사실, 그는
아이큐가 엄청 높고
남몰래 박사 학위를 받을 정도로 똑똑하고
몇 개 국어를 순식간에 통역하는 숨은 능력자
그런 능력자와 친구일 순 있지만

김나영

그는 그런 사람이 아니다

우리는 평소 사담 한마디 나누지 않는
일로 만난 사이

저 국민 MC는
얼굴만 마주치면 먼저, 버릇처럼 이름을 부른다
처음 만난 사이지만
이름을 부른다
어제 만난 사이처럼
이름을 부른다

그가 이름을 부르면
사람들은 꽃처럼 웃는다

그가 이름을 부르면
(나는 식상한 사람이 되는 게 싫어서, 그러고 싶지 않았
는데…)
나 역시 흔해빠진 그의 미담 제조기 노예가 되어버린다

수많은 사람들이 쏟아지는 일터에서

한 사람, 한 사람 이름을 부른다는 것
어떤 친절, 배려, 노력, 인정, 이해, 공감, 마음 씀씀이
들이 섞여
짙게 우러나온 것임을 알기에
사람들은 꽃처럼 웃는다

"내가 그의 이름을 불러주었을 때,
그는 나에게로 와서
꽃이 되었다"

그의 꽃길은
스스로 이뤄낸 꽃길이었다
(결국엔 식상한 미담을 쏟아내버렸다)

Q.
남몰래 얼마큼 노력하며 살고 있나요?

김나영

혜정, 혜빈, 담이, 진실, 수지

내 친구는 2266명
매일 만나는 이름
하지만, 죄다 모르는 사람

2266명의 단체 카톡방
24시간 내내 쉬지 않고 울리는 알람
각자의 목적
각자의 소식통
각자의 다급함
각자의 인심
각자의 소음

> 서준씨 매니저 연락처 아시는 분
> 계실까요?

새 프로그램에서 알립니다.

막내 작가님을 구합니다.

주말이라 정말 급해서 여쭤봅니다ㅜㅜ

혜정씨 연락처 보내드려요~~

지희 님이 나갔습니다.
채팅방으로 초대하기

카톡~ 카톡~ 카톡~

우리는 모르지만 아는 사이
우리는 알아도 모르는 사이

혜정이와 혜빈이가 쌍둥이인들
담이와 수지가 배다른 이복남매인들
진실이 뭔지 중요하지 않아

김나영

채팅창에 있는 대화상대 리스트
스크롤을 한참을 내려 만난 마지막 이름은
만나도 부를 수 없는 이름

눈으로만 on/off 할 수 있는 사이
365일 24시간
공장처럼 돌아가고 있는 2266명의 내 친구

Q.
나의 단체 카톡방은 몇 개인가요?

김은지

나영이 시 읽어야지~~

행복하다

맨날 보고 싶어

넘나 감동이었어

며칠 전에 쓴 글 너무 좋았어

심쿵해버렸어

천군만마를 얻은 듯하구나

칫솔질하다가 기억난 그 감동

나영아 모해

함 봐봐

느무 재밌다

김나영

넌 정말 에이스 엔젤

조만간 또 행복해진단 말인가

나의 인생 선배 은지 언니와의 대화 내용
사실은
내가 보고 싶은 대로 짜깁기한 카톡 메시지

사람들은 자기가 보고 싶은 대로
나의 모습을 마구 짜깁기해서 본다
나도 모르는 내 모습

눈을 감고
나는 내가 되고 싶은 대로
나의 모습을 짜깁기해낸다

나와 가까운 지인 5명의 평균 모습이
곧 나의 모습이라고 한다
나의 가까운 지인 중 한 명은 언니이니
나는 적어도 언니와 1/5은 닮은 모습이다

나의 짜깁기
이렇게 버텨낸다
이렇게 만들어낸다

나는 못난 사람이 아니다
나는 함부로 무시당해도 되는 사람이 아니다
나는 날 험담하는 사람이 지어낸 것처럼 이상한 사람이
아니다
나는 그저 내 5명의 지인들만큼 좋은 사람일 뿐이다
나를 아는 사람들의 세상에서만큼은
무너지지 않을 나의 자존감
그거면 됐다

토닥 토닥

Q.
나와 가까운 지인 5명은 누구인가요?

김도형

지금은 사라진 이름

남자가 귀한 집에서 태어난
셋째 딸
셋째 딸은
아들이어야만 했다
집안 어른들의 눈이 말했다

셋째 딸이 태어난 지 일주일이 채 되지 않은 날
퉁퉁 부은 얼굴의 엄마는
자리를 털고 일어나
용하다는 절로 갔다

스님은 남자 동생을 볼 수 있는 이름을 지어주셨다
세상에나! 그런 이름이 있단다
셋째 딸의 이름

넷째는 아들이다
스님은 정말 용하신 분이고
세상에는 정말 그런 이름이 있었다

셋째 딸의 이름은 김도형
이름이 남자 같아서 친구들이 놀린다고 해도
이름이 어려워 사람들이 '도영'으로 잘못 알아듣는다고
해도
이름이 '삼각형 도형'이라는 별명으로 불려서 마음에 안
든다고 해도
집안 어른들은 좋아하는 이름
부모님과 떨어져 살 수 있는 나이가 되어서야
남동생이 아닌 자신을 위한 이름으로
직접 개명을 했다

하지만
집에서는 여전히 들리는 이름
'도형아~'
남동생이 먼저 떠오르는 이름

김나영

셋째 딸은
고개를 숙이고, 눈을 흘긴다
그깟 이름 하나가
결코 사라지지 않는다

Q.
한 번도 물어보진 못했지만,
남동생은 어떤 마음이었을까?

봉세련

고등학생 때
장난전화 하면서 순간적으로 튀어나온 이름
봉세련

나를 아는 사람들이
나인 줄 모르는 이름

촌스러운 듯하면서도
대놓고 세련된 내 이름
마음에 꼭 드는 내 이름

어떤 방송 프로그램을 할 때
스태프 스크롤 자막에
내 이름 대신
봉세련을 넣었다

나만 아는 비밀
나 혼자 보고 낄낄 웃었던 이름

나를 아는 사람들이
나인 줄 모르는 이름

나인 듯하면서도
대놓고 내가 아닌 내 이름
마음에 꼭 드는 내 이름

사춘기 소녀의 장난전화처럼
종종 통화되는
봉세련 씨!!

봉세련 씨는
남 눈치 보며 살지 말고
내일 걱정에 불안해하지 마요
하고 싶은 거 다 하고
마음껏 사랑도 하고
멋지게 성공도 하고
좋아하는 사람들과 마음을 나누며

그렇게 깔깔 웃으면서

아낌없이 행복했으면 좋겠어요

Q.

당신의 봉세련 씨에게 해주고 싶은 말이 있나요?

황일수

이젠 정말 마지막으로 부르기로 한 이름

너무 미안해서
그만 졸업하기로 했다
나의 첫사랑으로부터

17살, 나의 눈에
햇살처럼 빛났던 첫사랑의 얼굴은
지금은 마흔 살 아저씨들의 얼굴 중 하나겠지

같은 서울 하늘 아래 있지만
한 번도 본 적 없는 얼굴
어쩌면 지하철 옆 칸에 탔을 수도
어쩌면 영어 학원의 앞 수업을 들었을 수도
어쩌면 급히 달려가다 스쳐 지나갔을 수도 있지만
안 만나길 다행인 얼굴

내 기억 속에서는
영원히 늙지 않은 얼굴

나의 첫 소설 주인공의 이름이기도 했고
나의 에세이 과제에서 에피소드로 언급했던 이름이기도
했고
나의 동창회에서 뜬금없이 소환되는 이름이기도 했고
첫사랑이란 이유로
이름 주인의 의향도 묻지 않고
참 오랫동안 알뜰하게도 사용했다

너무 미안해서
그만 졸업하기로 했는데
첫사랑의 이름을 부르면
자꾸 17살의 어린 내가 해맑게 대답한다
차마 떠나보내지 못하는 이름

오늘도 졸업하지 못하고
이렇게 시를 써버렸다
미안해요

Q.
첫사랑이 이렇게 무섭습니다?!

김나영

김나영

방송 작가이며
시도 쓰고 싶고, 빵도 잘 굽고 싶고, 작사도 하고 싶고, 웃
기고도 싶고, 웹 드라마도 쓰고 싶고, 수영도 하고 싶고, 책
도 내고 싶고…
어쩌면, 하고 싶은 것을 생각하는 걸
즐기는 사람일 수도 있습니다.

시작 노트

너무나 신나는 시간이었습니다.
나로 인해 누군가가 웃는 게 행복해서
예능 작가가 되었는데,
사실은 웃기는 걸 잘하진 못합니다.
지치고 좌절할 때마다 생겨버린
내 마음의 빈칸에 일기를 쓰며 살고 있습니다.

웃기진 않지만
솔직한 내 마음을 브레이크 없이 펼쳐놓은 이 글을
누군가가 예뻐해준다면
시의 말미에 적어 넣은 질문들로 누군가와 같이 생각을
나눌 수 있다면
벅차게 행복해질 것 같습니다.

2020년의 다짐이었던 '새로운 도전'을
이렇게 할 수 있게 해주셔서 감사합니다.

김나영

이상영

이어달리기

완장을 두른 체육 선생님이
호루라기를 분다

요이 땅

첫 번째 주자가 한 바퀴를 돌고
바통을 건넨다

두 번째 주자가 바통을 받아
또 한 바퀴를 돈다

차례가 다가온다

자네 도대체 똑바로 하는 게 무언가?
아직도 정신을 못 차리고 있는가?

이상영

숨이 차요
두려워서가 아니라
눈앞이 너무 캄캄해요

손안에 플라스틱 바통이 들어왔다

발로 땅바닥을 세차게 밀어내는 거야
일단 머리를 앞으로 향하고
달려

있는 힘껏? 차라리 그냥 같이 사라져버릴래요?
아무도 우릴 보지 않을 거예요

세찬 호루라기 소리가 들리고
아이들이 꺄르르르 웃으며 다가온다

여기서 실패한 인간은 너밖에 없구나

당신은 내 머리에 황색 수건을 둘렀다
이상하게도 수건에 땀이 스며들지 않는다

나는
그저 단지
앞이 보이지 않았다고

비가 온다
운동장 바닥이 얼룩투성이다

이 달리기가 어떻게 끝나더라
뿌연 모래 가루에 흰 선이 점점 지워져간다

수채화

검정이 번졌다. 되돌아오라는 모스 부호. 유라시아 대륙으로 밀려 들어간다. 생명을 걸고 기다린다. 아니 기다리지 않는다. 하필 가장 깊은 곳에서 허우적거립니다. 비참에는 일가견이 있지요. 치밀했습니까. 아니 그런 건 타고나는 거랍니다. 거미줄. 꼬리에 꼬리를 물고 다 침몰할 기세로. 바짓가랑이 잡고 늘어지게 엉금엉금 기어올라. 이부분이 물살이 가장 세답니다. 마지막이 언제였습니까? 뚜껑을 열 때 탁 소리가 났어요. 외피가 터지고 그 안에 속이 다 튀어나왔죠. 느린 속도는 아니었어요. 징그러운 감촉. 방문을 잠그고 아이의 귀를 손으로 막았어요. 불쌍한 녀석. 애비가 문을 걷어차며 자동차 키를 찾는다. 아버지. 힘줄이 터지는 줄 알았어요. 현관 자물쇠는 이미 너덜너덜해졌던가요. 어짜피 맞을 때는 잘 몰라. 검정 피가. 살갗에 맺혀서. 원래 잘 안 번져. 이게 특이한 거지. 보라. 짙은 네혈관으로부터. 머리카락을 좀 내려봐. 왜 하필 얼굴일까요. 너도 나랑 똑같구나. 우리는 어쩌면. 나는 그때도 무섭지 않았어요. 뒤로도 앞으로도. 거미줄 이론을 아십니까? 점성이 있다는 건 원래 다 붙어버려가지고. 순식간에 번졌답니다. 숨이 막혔지요. 초창기에는 이런 법입니다. 밑바닥이 해질 때까지. 박박 긁어요. 사이사이로. 갈라진 틈새에 채워 넣으면 회복이 될까요? 흰색을 덧칠해가지고는 소용없어. 떡지기만 하지. 투명한 거 아니었어? 붓이 안되면 손으로라도. 이미 늦었어. 여기도 마찬가지군요. 바람의 방향이 바뀌었습니다. 다 날려버릴. 뿌리째 송두리째 깊은 곳으로부터. 신호가 왔죠. 해가 뜨는 바다에서 키를 조종합니다. 노인의 광대가 붉게 물듭니다. 여기에 조짐이 텄어요. 태풍이 올 거랍니다. 이윽고 검정 바람이 삼켜버릴 거랍니다. 그때까지 계속 바를 거예요. 잔뜩 튜브를 쭉 눌러서. 붓으로 벅벅. 칠할 뿐. 막으로 덮을 뿐. 가려지는 거라고. 원래 이런 거냐고. 맞는 방법이냐고. 묻는다. 언제고.

줄넘기

강당에 앉아서 입을 오므리자
나무 의자 위로 혼잣말이 둥둥 떠다니기 시작했다

긴 카라를 덧댄 합창단이 환희의 송가를 부른다
벨벳 가운에 듬성듬성 작은 구멍들
학생들은 흰 레이스가 붙어있는 발목을 일렬로 맞췄다

풍선이 가장 높은 곳에 도달했을 때 느껴지는 포만감
마지막으로 몸을 부풀린다
날카로운 모서리에 닿을 오후에
비가 내릴지도 모른단다
곧 터질 것이라는 예언

문턱을 넘게 만드는 힘이 생겨날 때가 있다
한 손을 들고 때를 기념해볼까
부디 나로부터 멀어지도록

낯선 동네에 작은 나팔이 달려있대요
비밀은 어떻게 되었는지
발가락이 닿은 이유를 아는가
뛰어넘지 못한다면 그저 데구르르 구르며
살이 갈라지는 기쁨을 느낀다
디테일. 신흥 레퍼토리. 바느질. 골무. 영미. 예리한.
바스락거리는 카카오 열매의 껍질

분홍 신을 신고 도망간 사람아
돼지 병이 넘어오지 못하도록 경계선을 만들고
우리는 서로의 시름을 훔쳐보리라

얇고 절반이 비치는 종이를 16등분으로 접는다
비행기. 언제나. 종이새가 되는 소라게의 꿈
앞줄의 아이가 펜으로 얼굴을 그린다
삐죽 솟은 짧은 머리 끝
차라리 화상의 흔적을 새겨주길
잉크 알갱이가 다 벗겨지도록

나는 울타리의 바깥에 서서 높게 높게 뛰리라

가진 것을 모두 들추면서
가느다란 줄이 그려진 노트의 페이지가 채워지고
엄마 제가 몇 번 펄럭였는지 세어주세요

줄이 한 바퀴 돌 때마다 작은 열매들이 떨어졌다
흥건한 손목으로 벌건 눈을 훔치고
삐져나온 일 센티미터 실밥을 잡아당긴다

비놀리아

귀뚜라미도 이웃집 담장도 매달려있는 기다란 열매도 어지러워. 섬찟한 초록. 밤사이 생쥐가 마당을 파헤치고 땅으로부터 올라왔다. 그가 물고 온 것은 비열함. 투명한 등 사이로 보이는 등뼈. 그 데굴거리는 느낌. 지독히 동그란 것. 오후의 그림자로는 언제인지 정확한 시간을 놓치겠어. 놀이터에서 비누를 들고 서있는 엄마를 보았지. 핏기가 없는 얼굴로 가느다란 햇빛을 받으며. 무한을 기다렸나. 나는 아침마다 잇몸에서 새 이빨이 돋아난다. 무언가 긁어야만 되는 건 본능입니다. 자고 일어나면 또. 성장이 멈추지 않는 것은 감사한 일이라던데, 땅을 팠어. 깊이 아주 깊이. 아래로도 위로도 어디로든 가야 하니까. 손톱 사이로 검은 때가 계속 박혔지. 어두운 터널에서도 비린내를 맡는 건 나뿐이야. 다들 싱그럽다고 하는데. 멀미. 선명한 오이 비린내. 계속 닦아내도 줄지 않는 미끈덕거림. 몸에 붙지도 않으면서 사라지지 않는 뉘앙스가 심장으로 향해. 이렇게 물컹해가지고는 다가갈 수 없는데. 한 손에 쥐어지지 않는 비놀리아. 오로지 냄새. 야채가 좋은 거야. 건강합니까, 안녕합니까. 디톡스. 제가 그 분야에서는 전문가입니다. 고작 내가 가질 수 있는 것은 까끌거리는 세밀한 감촉. 엄마가 한 발자국 떨어져 기다리고 있어. 출구. 퇴출구. 그녀와 내가 같다고 생각했는데. 벗겨낼 수 있는 것은 절대 비놀리아뿐. 닳지 않아 절대 닳지 않아 비놀리아는 줄지 않지. 견고한 쇠막대기에 꽂혀서는 일정한 각으로 데굴데굴 굴러가니까 걱정할 것 없어. 오로지 사라지고 있는 한 꺼풀. 덕지덕지 박혀있는 자갈들. 되뇌고 있는 어제의 것들. 내가 가진 냄새에서 유황의 연기가 피어나. 심장의 초록. 세잎세잎세잎세잎 어디서도 찾을 수 없었어. 결핍. 씻기지 않는 냄새. 땅을 뒤덮은 아지랑이. 넝쿨 넝쿨. 아삭한 오이를 좋아하는 사람에게서는 오이의 비린내가 나지 않을까

정성호

　옥상에 노을이 질 때면 스카이라인이 멋지다고 생각했다. 모서리에서 팔을 벌리고 걷는 정성호. 정성호는 이날 죽지 않고 다음 방학에 죽었다. 흰 반지를 만들 수 있는 자욱한 클로버 밭. 옥상이 펼쳐친다. 마음 먹으면 만질 수 있는 것들. 미술 선생님 남편이 무서워 우리는 도망을 쳤다. 검정 옷을 입고 쫓아오면 다 가가멜이냐. 구름은 단 한 덩어리. 가장자리로 걷는 거야. 줄을 서자. 호령을 되풀이합니다.

　우리는 건너에 있어
　우리는 건너에 있지
　네모난 양팔, 지붕이 없는 아지트니까 더할 나위 없어. 소리 지르지 말고. 네 명 일곱 명 다섯 명. 패를 나누지 맙시다. 걷는다. 돌아가는 환풍기는 왕관의 실루엣. 정성호는 이곳의 왕. 보이는 게 다르지. 다이아몬드의 부석거림. 어제도 가파르게 서있었다고 혼쭐이 났어. 풀밭 위로 펼쳐진 스탠의 춤 검은 얼굴 앙상한 정성호. 발밑은 낭떠러지

랍니다. 아직 노을은 내려가지 않았다. 바지의 모래. 옆 동에는 가면 안 된다. 무서운 매부리코. 네 엄마가 반에서 제일 이쁜 것 같아. 막대기. 도란스. 503호. 보일러실. 기다란 칠판 위로 선을 긋는다. 튀어나온 손가락을 보셨나요. 상대 아이가 새벽 예배에서 들은 질문, 너는 나중에 어디에 올라갈래?

뒷동. 횡단보도. 정글짐. 수족구. 목사님. 플로리다. 유리 겔라. 온통 푸르고. 단상 위에서 상을 받는데 무표정이더라. 엘리베이터를 누르는 손. 오늘도 교회에 가면 안 된다. 꽃다발이 온통 주황색. 횡단보도를 급하게 이리 와 이리 와 성호야. 안경잡이. 단발머리보다 짧은 가느다란 손가락. 4B로 그린 두루마리 휴지. 팔꿈치를 찌르는 것. 지우개 가루. 제 소원을 들어줄 건가요. 도구를 사용합시다. 이 옥상에서는. 뭐든지 오케이. 무료했지. 새콤했지만 지나쳤어. 아이들이 줄을 맞춰 걷는다. 다 컸네. 팔을 벌리고 왼쪽으로 오른쪽으로. 정성호는 대기 속으로 스며들고. 팽팽한 난간에 올라서서 맞이하는 바람을 맞이하는 바람, 바람, 바람이 건넌다

레몬

내 방에 들어와 태연하게 신문을 넘기는, 8페이지 타블로이드. 문에 달린 작고 동그란 렌즈로 볼록해진 세상은 그렇게 늦은 시간이 아니고, 여실 없이 가벼운 동그라미가 들숨에 굴러간다. 물렁한 시간. 허물어진 마음을 만지작거리고. 신문이 넘어가는 바스락 소리를 듣는다. 달팽이관이 예민한 건 작은 아주 작은 조각들 때문. 귀에 아직도 있을 것 같아. 목으로 치즈 케이크가 넘어가는 소리. 그 꿀렁한 느낌. 과도기적인 과정들. 물렁하다 못해 물컹해져버린. 빗물에 녹아버린 비스켓처럼 마음의 뼈를 찾을 수가 없다. 사소한. 너무 보잘것없어서 살면서 딱 한 번 들어본 입 끝의 소리. 아주 작았던 그 기억의 예리한 모서리들. 오로지 따뜻한. 그때의. 값을 치른 하소연 대신 레몬을 한 봉지 샀어. 레몬의 노랑은 봉고차의 노랑과는 또 다른. 맛을 느낄 줄 아는 하루의 틈 사이에서 나는 쇠맛. 모터가 후진을 할 때 내는 소리가 창문을 틈타 들려올 때. 우산을 같이 쓰려고 구부리는 손등. 손잡이를 함께 나누었던 때. 이것은 모두 새로움을 위한 것이라는 자막을 놓치지 않으려고. 방 귀퉁이에서도 언제고 잊지 않으려는 작고 더 작은 다짐들. 스티커의 앞면과 뒤를 모두 떼어버리면 남는 것. 조촐한 한낮의 크래커 조각들. 부스러기를 담는 손바닥. 이것이 오늘의 최선입니다. 입자 속의 더 작은 단어들을 탐색해. 비닐봉지를 벌리면 떠돌아다니는 것이 보이는 순간. 그러나 다시 시작되는 이야기. 구겨져버린 모퉁이들도 반듯하게 펼 수 있을 거야. 센드 버튼을 누른다면. 영문 사인의 고부라진 꼬랑지라면. ※ 표시 속 중요함 속의. 약속의 무게를 벗어 놓는다면.

2월 15일의 이름

닫히지 않은 문으로 네가 들어오고
발자국이 남겨졌다
주머니에서 빼버린 도토리
이제부터 좋아하지 않는 단어는 쓰지 않기로 해
우리는 잎사귀마다 이름을 붙였다
지폐가 숨겨져있고
새알로 만든 과자, 가루를 뿌리는 봉투, 흘러온 변명
이상한 것은 밖으로 나가야 찾을 수 있다
세계는 멈추어져있고
너무 빨갛고 파란 불이
저녁에 켜졌다
강가에 서서 담배를 피우는 세 명의 끽연
발목이 축축해지는 줄도 모르고
징검다리를 건넌다
한 칸씩 반드시 띄울 것
어깨동무는 몇 초까지 지속해야 하나

이상영

공원의 의자에 앉으면
들리지 않던 소리가 들리고
파악하지 못했던 원리를 깨닫기도 한다
모든 것이 조금씩 움직이기 시작했다
보이지 않았을 순간에도
잎사귀는 마을로 돌아가고
이렇게 하면 잘 익지 않아
하지만 계속해서 노릇해지고 있었다 이미
잘 봐봐
다른 사람의 목욕가방에는 무엇이 들어있을까
티켓을 끊어 어디에 놓아야 되는지 몰라
두리번거리기를 한참
모든 것이 가지에 매달렸고
뾰족한 칼의 뒷부분
둔탁해
호치키스가 맞닿을 지점
그네가 정지한 순간
마침표에 성호를 긋고
열매의 가운데로 단물을 붓는다
그림자가 가늘어지고
나는 가능한 한 먼 길로

돌아가야만 한다

이상영

디자인이음에서 책을 만들고 있습니다.
작은 방에서 함께 시를 읽는 것, 본 적 없는 상자에 대해 이
야기를 나누는 것,
시를 쓰는 마음을 좋아합니다.

시작 노트

시에 닿았던 적이 있다. 착각이었나. 꿈을 꾸었나. 작은
전등을 켜놓고 키보드를 두드리다 둥실둥실 떠올라 잔뜩 부
풀어 터질 것 같은 그 물컹하고 반짝거리는 무언가의 표면
에 잠깐 동안 착지한 것 같다. 아니 내 착각인가. 오만일지
도 그저 집착일지도 아련한 꿈일지도 모르겠지만. 가장 멋
있는 세계를 고르라면 주저 없이 시의 세계를 고를 거다. 멋
있다. 내 생각에는 말이다. 그리고 이제는 가장 멋진 걸 해
보고 싶다. 시 안에는 온갖 것들이 들어있다. 옥상을 함께
걸었던 친구, 꿈 속에서 나를 도망치게 만든 검정 망토, 저
녁의 회색 연기, 느리게 걷는 코끼리의 피부에서 흐르는 허
밍, 엄마의 웅크린 뒷모습 아니 그건 나의 뒷모습... 그런 것
들이 이름을 품고 부유하기 시작한다. 한계가 없는, 그야말
로 매력적인. 나는 또 언제 그곳에 둥실 닿아오를지 기대하
고 설렌다.

이도형

래빗

만약 한 번의 기회가 다시 주어진다면
내 혀가 네 혀를 처음 마주하던 순간
내가 먼저 그 가을의 조명을 켠다면
지금까지 쓴 시를 전부 되돌릴게 무간無間

그는 이미 한 번 죽음에 토했고
그는 이미 한 번 사랑을 보냈고
그는 이미 한 번 실수를 범했고
그는 이미 한 번 당신을 울게 했네

혜화역 4번 출구 앞에서 기다리던 그때
재왔던 손목시계의 초침이 멈추고 후회
하지 말자 밤에 젖어 오르던 성벽의 끝에
만발했던 꽃들과 새벽의 목소리를 기억해

밤하늘은 검은 조명이고 당신은 핀 조명을 받아

이도형

모든 책의 모든 마침표를 뚫고 나온 듯이
경經으로 읽었던 모든 소설을 무너트리듯이
의심하지 말고 사막으로 다가온 손을 잡아

만약 한 번의 기회가 다시 주어진다면
내 혀가 네 혀를 처음 마주하던 순간
내가 먼저 그 가을의 조명을 켠다면
지금까지 쓴 시를 전부 되돌릴게 무간無間

정말 당신을 위해선 팔 한 쪽도 줄 수 있다고
비유가 아니라 진짜로 팔 한 쪽을 줄 수 있다고*
톱을 가져와 지난 시와 영화와 가사를 다 자르고
새롭게 이어 붙여 집 지을 수도 있어 어디서라도

그 집은 이제 바닷가도 아닌 바다 끝도 아닌
야광별이 빛나고 나란히 앉아 빵을 먹을 수 있는 곳
가장 추운 날의 얼어붙은 호수 밖 여덟 마일
비밀과 눈물을 꺼내는 속삭임과 함께 펼쳐지는 몸

더 많이 머리카락을 쓸어주지 못해서 미안
벗겨낼 수 있다면 오래되어 녹슨 철책과 위장

그 사이로 빛났던 웃음이 후회처럼 쏟아지는데
토끼야 다시 돌아가 널 잡을 수 있을까

만약 내게 한 번의 기회가 주어진다면
내 혀가 네 혀를 처음 마주하던 순간
내가 먼저 그 가을의 조명을 켠다면
지금까지 쓴 시를 전부 되돌릴게 무간^{無間}

*래빗의 노래 <When I'm Gone> 중에서.
Have you ever loved someone so much, you'd give an
arm for?
Not the expression, no, literally give an arm for?

이도형

알로카시아

그날 밤 알로카시아 26cm
줄자로 잰 아이의 키

긴 줄기 끝에 넓고 푸른 잎이 한 장

그 잎 위에서 우리는 춤출 수도
입을 맞출 수도 있을 것 같았다

너는 그 잎을 보며 웃었고
나는 그 입을 보며 웃었다

/

이것 봐 줄기에서 줄기가 나오려 해

얼마 뒤

편지처럼 돌돌 말린 새 잎이
줄기에서 나온 줄기에 매달려있었다

첫 줄기의 배가 갈라졌지만
우리는 새 잎을 보고 웃었다

/

너는 새 잎을 아꼈다
나도 새 잎이 경이로웠다

새 잎은 처음의 잎보다 크고 색도 진했다

처음의 줄기에 새 줄기가 나온 흉터는 그대로였지만

새 줄기의 길이 역시 26cm

그렇게 식물은 잘 자랐다

/

두 번째 줄기에서 새로운 줄기가 자랐다
첫 번째 줄기에서 두 번째 줄기가 자라듯이

두 번째 줄기의 배가 갈라지고
두 번째 잎보다 더 큰 세 번째 잎이 펴졌다

/

첫 번째 잎의 이름은 알로
두 번째 잎의 이름은 시아

세 번째 잎의 이름은 뭐로 할까

카시는 좀 별로고
로카, 로카로 하자

줄기에서 줄기가 나온 자리는 그대로였다

/

알로카시아 26cm

그 길이를 재었던 밤이 있었고
그 길이만큼 서로를 안았던 방이 있었고
그 길이만큼 자랐던 시간과 육체가 있었고
그 길이에 이름을 지어주었지

분갈이를 했어야 했을까

나는 이제 새 잎이 났는지 알 수 없다
새 잎에 붙여줄 이름이 다 떨어졌는데
네가 어떻게 새 잎을
어떤 새 이름으로 부를지 알 수 없다

/

내 방의 창가는 텅 비어있다

어느 밤

창문가에 어른거리는

26cm의 알로카시아

내가 직접 쟀던 그 길이
너가 웃었던 그 길이

람블라스

혜화동을 기억해. 그 자리를 기억해. 은행나무가 늘어선 골목 안 골목. 창가의 빨간 테이블. 단호박 타르트와 아메리카노. 우리는 마주 앉아 가사를 쓰곤 했고. 여름에는 수박, 겨울에는 딸기를 내주시던. 벽에는 이 동네의 모든 연극 포스터들. 우리만큼이나 절박한, 배우들과 가수들이 왔다 가고. 창문 밖으로는 햇볕과 담배 연기. 나른함과 권태를 누릴 수 있는 가난함. 그 가난함이 눈부시던 우리. 그걸 다시 노래로 쓰던 우리. 밤이 올 때까지. 소설처럼 손을 잡고. 헤이즐넛 볶는 향기 퍼지면. 사라진 장소보다 아름다운 건 없다고. 람블라스 카페의 조명들이. 그 천진했던 웃음들이. 하나둘 어두워지며 마음을 채우는데. 불어나는 공허. 싹이 트는 공터. 세계의 어느 구석에서 우리가 다시 만날 수 있을까.

이도형

채미아

우리는,
계속,
가야 해요

미아가 속삭였다. 날아오르는 직박구리들.

미아가 눈을 감고 그리던 몽타주들.
오래된 춤곡이 흘러나오고. 말할 수 없는 감각과.
감각할 수 없는 말과. 나는 당신의 손을. 당신의 꿈을.
잡고 싶었어요.

이 아픔을,
잊을 수,
있을까요

클로즈업된 눈물. 이 도시의 전경에서.

한 사람의 눈으로. 그 눈을 감으면. 떠나온 해변과.
첫 키스와. 침대 머리맡의 조명. 읽지 못했던 책들.

미아가 모래 위에 그린 그림.
동틀 무렵에.

찾으러,
가요

우리의 목소리와 우리의 눈빛을

촛불과 함께 타오르던
입술에서 입술로 번지던
파도로 다가와 부서지던

우리의 목소리와 우리의 눈빛으로

이도형

광치기 해변

성산을 뒤로하고 걸어올 때
하늘 저편 붉은 남색으로 물들 때

어두워지는 시간이
밝아지는 시간일 때

그리고 뜬 달과
알 수 없는 길이의 바람을 맞으며

육지에서 섬으로
섬에서 바다 끝으로

당신이 당신인 이유와
내가 당신이 아닌 이유를 물었지

이끼가 자라 미끄러운 바위에서

집어등을 켠 배 위에서

바람이 불어
먼저 온 바람을 밀어내는데

구멍 난 돌들이
구멍 난 채로
바람을 맞으며 있는 걸 보았지

이도형

진 세버그

단발이 가장 아름다운 사람
스트라이프가 어울리는 사람
흑백 화면에서도 색을 입는 사람

대사가 좋아요
대사 너머의 마음도 좋아요

도둑들은 도둑질을 하고
연인들은 사랑을 해요
그건 당연한 거예요*

우리는 서로를 보았죠
당신은 내게 짧은 머리보다
헝클어진 긴 머리가 좋다 했죠

침대 위에서 나누던 대화를 기억해요

어느새 옷을 입을 시간이 찾아왔구요

알아요 영화의 끝은
우리의 끝과 다르단 걸

당신은 나를 죽이고
세계는 당신을 죽였지요

멋대로 미워해도 괜찮아요

나는 당신 묘비 앞에서
오래오래 서있었어요

이 말이 하고 싶었어요

다음 영화에서 우리
또 차를 훔치고 사랑을 해요

*진 세버그와 장 폴 벨몽도 주연, 장 뤽 고다르 감독의 영화
<네 멋대로 해라A Bout de Souffle>의 극 중 대사.

이도형

저인

누구의 이름도 부를 수 없어 이 이름으로 사랑했던 당신들의 이름을 대체한다. 당신은 당신의 이름이 아니지만. 그렇지만 당신의 이름은 당신이 아니라면 대체 무엇인가. 당신의 이름과 함께 유령처럼 떠오르는 풍경들은 비참하다. 당신이 없고 내가 없고 그때의 우리가 없으므로. 그 유령 같은 세계를 칭할 수 있는 말이 없어 결국 당신의 이름으로 대체한다.

시간과 공간에 고정되면
이름은 이름으로서 역할을 하지 못한다
이름은 시간과 공간에 고정되지 않아야 한다
그래야 너를 똑같은 이름으로
어제도 지금도 내일도
죽고 난 뒤에도
이쪽과 저쪽 세계 어디에서도
부를 수 있을 테니까

시간과 공간에 고정되지 않는 것은 무엇인가
바람인가 밖인가 향기인가 향인가
시간과 공간에 고정되지 않는 것을
어떻게 하나의 이름으로 부를 수 있는가

그래서 우리는 서로를 부르지 못한다
시간과 공간에 고정되는 건 죽은 이름이다

모든 이름은 죽은 이름
여기는 이름 없는 세계다

당신을 부르지 못해 울부짖는다
웃어젖힌다 언어를 찢는다

시간과 공간에 고정되지 않는 당신이 돌아볼 때
시간과 공간에 고정되지 않는 나는 사라졌다

나는 죽었고 당신만 살아있는 줄 알았다
당신은 죽었고 나만 살아남은 줄 알았다

이도형

라스티냐크

이제 서울과 나의 대결이야*

더러운 터미널을 걸어 나오며 복권을 한 장 샀어

지방을 떠날 때 내가 마지막으로 본 풍경은
옆 동에서 고독사한 사람을 운반하는 사람들
검은 스타렉스 흰 천에 덮인 차가워진 몸

난 차가워질 수 없음을 알아
빌어먹을 가슴과 그 가슴을 가리려 한 위선

당신을 만나러 이 도시로 왔어
이해할 수 없이 나를 부르고 나를 버린 당신을

하숙집에서 처음으로 누군가를 재운 날이 기억나네
그 친구는 완전히 취했었고

아무도 그 친구를 데려가지 않았지
내게 떠넘겨진 친구를 업고 난 달동네를 올랐네
다음 날 아침 하숙집 사람들은 떠들어댔지
난 그저 양말만 벗겨줬을 뿐인데 말이야

그 언덕과 쑥덕거림을 똑똑히 기억하지
잊을 수 없던 사람들의 눈빛과 함께

잘게 잘린 덕성을 못 본 척하는 거겠지
이제 눈 내리는 바닷가는 볼 수 없는 거겠지

멀리서도 보이는 뿔처럼 솟은 빌딩
악마가 거기에 있다면 신도 거기에 있는 거라고

이제 난 전혀 새로울 것 없는 이야기를 쓰겠어
우리가 함께 속물의 속물에 젖는 동안 말이야

이 도시의 미로들을 걸어가며
반짝이는 것들과 하수구로 쏟아지는 것들을
전부 모아 써버릴 거야

*발자크의 「인간 희극」 중 한 편인 <고리오 영감>에서 라스
티냐크는 외친다. 이제 파리Paris와 나 둘 간의 대결이야!

이도형   91

웨스트브룩

원으로 달려가서 소리칠게

당신이 잠들었던 무릎은 고장 나고
펜을 잡았던 엄지는 꺾였지

늦은 밤 긴 통화들을 하나씩 잊어가며
새로운 코트와 새로운 신발을 사야 해

팔짱 끼고 걸었던 어두웠던 주택가를
당신 혼자 걸어가는 밤이 가끔 걱정되지만

내게는 공이 있고 내게는 영이 있어서
던져야 할 때와 뚫고 달려가야 할 때를
소리쳐서 알려주는 저 밖의 사람들

배신의 선에서 울고 말았던 지난날

남은 친구들과 새로운 시즌

방학은 끝이 났나 봐 다시 사막으로 바다로
꽃을 찾으러 신발끈을 묶어야지

너를 믿고 허공으로 던졌던 둥근 마음을
네가 나를 믿고 달려와 공중에서 잡아
원으로 깨끗하게 밀어 넣은 때가 생각나

이제 그 그림을 찢고 휘슬이 불리면
나는 당신의 적이 되어 새로운 패스를 해야 하지

넘어졌을 때 다가오는 두 손을 잡고
부서졌던 무릎을 세우고 다시 원을 향해서
전속력으로 달려갈 거야 천둥처럼

zero

댕고

댕고는 그녀의 품에서 내 품으로 잠시 왔다. 댕고는 내 손을 핥고 나는 엉거주춤 댕고를 안았다. 우리는 다 같이 산책을 하기로 했다. 댕고는 걸어가다가, 뛰어오르다가, 멈추어서, 낙엽과 나무와 벽돌의 냄새를 맡다가, 다시 걸어갔다. 상처처럼 넓은, 푸른 호숫가를. 그녀는 말했다. 댕고를 놓치면 안 돼. 댕고는 내가 우는 걸 알아. 댕고는 위로를 알아. 댕고를 잘 잡고 있어야 해. 댕고는 작아서 다른 강아지들을 만나면 발을 막 휘젓다가 할퀴곤 해. 댕고는 좋아서 그런 거겠지만. 댕고를 잘 봐. 추위도 있고. 추위도 잊고. 바람도 있고. 바람도 잊고. 아이들이 여기저기서 연을 날렸다. 손을 떠난 연 하나가 멀리멀리 떠오르고 있었다. 그녀는 물었다. 다른 종류의 아픔은 다른 종류의 아픔이지. 나는 터벅터벅 걸었다. 풀숲 길을 통과했다. 그런 거 같아. 댕고는 알까. 댕고도 나이를 먹으니까. 우리도 나이를 먹으니까. 그 사실이 무섭니. 아니 무섭지는 않아. 그저 조금. 조금 많이. 그럴 땐 이렇게 걸어. 댕고와 함께. 나는 햇빛에 가려진 그녀의 얼굴과 하얗게 빛나는 댕고를 바라봤다. 산책하기 좋은 날이네. 그럼. 산책하기 좋은 날이야. 갈대 사이로 걸어 들어가며 내가 물었다. 내가 계속 살 수 있을까. 댕고는 그녀를 이끌며 말했다. 나를 놓지 않는 것처럼 너를 놓지 마. 호수를 한 바퀴 다 도는 데는 오래 걸렸다. 그녀는 말했다. 집에 들어가면 댕고의 발을 먼저 씻어줘야 해. 그리고 우리 같이 저녁을 먹자.

이도형

시가 되는 사람, 음악이 되는 사람이 있다. 그 사람들을 사랑하지 않을 수 없어 시를 쓰고 노래를 하는 사람이 된다. '해피엔딩 강박증'이 있다.

<오래된 사랑의 실체>, <이야기와 가까운>, <사람은 사람을 안아줄 수 있다>, <처음부터 끝까지>(근간) 등을 썼다.

시작 노트

이승우 소설가는 『캉탕』에서 이렇게 썼다. "경계한다는 것은 예감하고 있다는 것이 아닌가." 당신의 이름을 부르면서 사랑과 이별을 경계하고 예감했던 순간들이 있다. 이름은 당신의 전부가 아닌데. 가끔은 당신의 전부가 된다. 당신이 내게 그러했듯이. 그래서 당신을 괜히 불러보기도 했고. 괜히 불러보지 못하기도 했다.

하나하나 이름 붙여준 시간들과 그 속의 사물들과 행동들. 어둔 방에서 귓가로 다가오는. 차라리 귀가 없었다면. 당신의 숨소리를 들을 수 없었더라면. 이런 가정은 소용없다. 나는 귀가 있고 혀가 있었고 당신도 그러했다.

우리는 세계를 지나가며 듣고, 부른다. 들을 수 있는 건 축복이었다. 부를 수 있는 건 용기였다. 들을 수 없고 부를 수 없는 일이 저주처럼 느껴질 줄 모르고. 하지만 세계를 지나가기를 멈추지 않는다면. 양쪽으로 난 귓구멍은 언젠가 다시 진동할 것이며. 결국 입과 혀는 참지 못하고 또 다시 누군가의 이름을 부르고 말 것이다. 당신이 떠오르는 순간과 당신이 떠나간 무간無間 사이의 세계에서.

김택수

연우

1일 아침, 이불을 걷어차고 일어난 연우는 이렇게 말했다.
"나 오늘부터 9살 언니야."

2일 아침, 이불을 걷어차고 일어난 연우는 이렇게 말했다.
"난 이제 아는 게 많아. 언니는 모든지 알고 있지."

3일 아침, 이불을 걷어차고 일어난 연우는 이렇게 말했다.
"엄마 떡국 언제 먹어?"

4일 아침, 이불을 걷어차고 일어난 연우는 아무 말 하지 않고
엄마를 꼭 안았다.

5일 아침, 이불을 걷어차고 일어난 연우는 이렇게 말했다.
"아빠 내 지갑 어디 숨겼어?"

김택수

6일 아침, 슬금슬금 나온 연우는 아무 말 하지 않고 뛰어 올랐다.

무릎 찍기. 아빠 사망.

7일, "물고기 새끼 낳았어?"라고 말한 뒤,
이불을 걷어차고 일어났다.

8일 아침, 이불을 걷어차고 일어난 연우는 아무 말 하지 않고
그림을 그린다.

9일 아침, 이불을 걷어차고 일어난 연우는 이렇게 말했다.
"엄마아아아아아!"

10일 아침, 이불을 걷어차고 일어난 연우는 엄마에게 이렇게 말했다.
"아 참, 오늘은 포옹 안 했지?"

11일 아침, 이불을 걷어차고 일어난 연우는
다시 이불을 뒤집어썼다.

12일 아침, 이불을 걷어차고 일어난 연우는
아빠의 이불을 걷어차버렸다.

13일 아침, 생일이 한 달이나 남은 연우는 엄마에게 이렇
게 말했다.
"엄마 내 생일 선물 뭐야?"

14일 아침, 연우 닮은 고양이 한 마리가
야옹야옹하며 사람 흉내를 낸다. 아무리 봐도 연우다.

15일 아침, 오늘은 벨로시랩터다.

16일 아침, 연우는 내 앞에서 실실 웃고 있다.
오늘은 또 무엇을 어디다 숨겨논 거냐?

17일 아침, 이불을 걷어차고 일어났지만 눈을 뜨지 못한다.
연우는 살아있는 시체들의 새벽.

18일 아침, 포켓몬스터 총집결!
세계대전 일촉즉발 장소는 내 배 위.

김택수

    19일 아침, 이불을 걷어차고 일어난 연우는 엄마에게 이렇게 말했다.

    "엄마 이빨이~~~~"

    20일 아침, 빠진 이 사이로 연우의 핑크 혓바닥이 모닝 인사를 한다.

    21일 아침, 연우의 연속 회오리 발차기가 시작됐다.
    기네스북 등재를 알아봐야겠다.

    22일 아침, 어느새 일어난 연우는
    책을 읽고 있다.

    23일 아침, 이불을 걷어차고 일어난 연우는 아무 말도 하지 않고
    미동도 없이 한 뼘만큼 커진 망고 새싹을 바라보고있다.

    24일 아침, 연우를 기다리지만
    연우는 나오지 않는다.

    24일 아침, 이불을 걷어차고 일어난 연우는 아무 말도 하

지 않고
지갑 속 동전을 세고 있다.

25일 아침, 연우를 기다린다.

26일 아침, 아무리 연우를 불러도 대답이 없다.
엄마는 부르기를 그만두고 연우 옆에 누웠다.
그 모습을 본 아들이 엄마 따라 눕고, 아들과 나란히 아빠도 따라 누웠다.

27일 아침, 이불을 걷어차고 일어난 연우는 이렇게 말했다.
"엄마 그런데 땅 파면 개구리 나와? 오늘 파볼까?"

지구

숨어있는 달
달이 없어도 밤은 밤

미세먼지 덮인 태양
태양이 안 보여도 하늘은 하늘

이메일의 패스워드가 생각이 나지 않는 손가락
바뀐 도어락의 비밀번호 앞에서 머뭇거리는 손가락
당황하지 말자
손가락을 들고 잠시 쉬어보자
사소한 문제는 오래 고민하지 않는 것이 정답

버스의 바퀴가 회전할 때마다
밀어내는 건 겨울이었고
아이스카페라테의 얼음이 차랑 하며 녹는 소리에도
봄은 가까워진다

계절이 흐르는 방향으로
자전거의 앞바퀴를 따라가는 뒷바퀴처럼
너의 편안한 얼굴 뒤에서
길을 잃지 않도록
집중하는 지구는

한 번도 틀린 적이 없다

김은지의 시를 읽고 하이라이트

김은지는 시를 쓴다
나는 시를 못 쓰고

어제는 보름달을 같이 봤는데
오늘은 시를 보여준다

시를 읽으며 어제의 달을 생각한다
아니 달을 보던 우리들을 생각한다

달이 예뻐요 하고 나타난
김은지의 말을 듣고
우리는 우르르 밖으로 나갔다

아주 크고, 아주 높고, 아주 밝은 빛
그날의 하이 라이트
소망을 말하지 않아도

나란히 달을 보는 우리는
그날의 명장면

김은지의 시를 읽고
나도 시를 써본다
이 시는 오늘의
하이라이트

김금

   어둠은 낮기도 하고 높기도 하고 차갑고 먹먹하며 용서
없다
   소파 밑에서 의자로 의자에서 테이블 위로 빠르고 견고
하게 힘을 키운다
   사람의 말을 지우고 찻잔의 온기를 지우고 아이의 그림
아내의 접시 어항과 물고기 도망갈 현관을 지우고
   지우고 지우고 지우고
   불 꺼진 방에 홀로 있는 것은 고독과 맞서는 일이었다

   뚝
   뚝
   물이 떨어진다
   소리를 따라 떨어진 물의 흔적을 쫓지만
   마른 바닥만 있을 뿐 자국은 보이지 않는다

   현실의 벽 그리운 아버지의 굽은 어깨 어머니의 수술 아

내의 한숨 아이의 투정

　내일의 기억 사라진 기억 눌어붙은 기억이 살아나

　뼛속에서 혈관에서 발톱 손톱에서 입 속에서 눈구멍 귓구멍에서 쏟아져 나온다

　어둠보다 격렬하고 집요하고 우악스럽게 살아나고

　살아나고 살아나고 살아나고

　불 꺼진 방에 홀로 있는 것은 슬픔과 맞서는 일이었다

　뚝

　뚝

　물은 묵직하게 허공을 가르며 수직으로 떨어진다

　그것은 날 세운 비명처럼 어둠을 타고 벽에서 벽으로 천정으로 바닥으로

　기어코

　나에게로

　손목을 그었다는 아이가 찾아왔다고

　손목을 그었던 아이에게 말했다

　쇳조각이 살을 해할 때 고독이 슬픔이 기어 나와

　눈을 떠도 보이지 않고

　소리를 질러도 들리지 않는

걸쭉하고 선명한 어둠의 덩어리가
뚝
뚝

어둠에선
소리에 집중해야 한다
들을 수 있다는 건 생이 이어진다는 것
빛은 어둠의 약점
먼동이 틀 때까지 기다리는 것
그렇게 하루하루 고독과 슬픔을 견딘다

낮과 밤의 사이에서 어제와 오늘의 경계에서 사람과 사
람의 거리에서
생과 사의 지점에서 기억과 환상의 차이에서 살과 피의
구멍에서 빛과 어둠의 틈에서

계속 물이 떨어진다
뚝
뚝

에밀 타케 신부의 나무

가을은 부지런하다
햇빛 바람 비 꽃 풀 하늘에서 땅까지
가을 아닌 게 없다

나무에게로 갈 때
청명한 하늘을 기대했으나
태풍을 몰고 온 가을은 나를 불안하게 했다
욕심은 그랬다고 가을은 말하고
나는 괜찮다고 했다

태풍은 쉬이 길을 내어주지 않았다
비행기는 폭우를 이겨냈고
자동차는 침수를 견뎠다
허기를 참아냈다

보일 듯 말 듯

김택수

113

왕벚나무는 예전에도 지금도 같은 자리에 서서
4월에 오지 않고 이제야 왔냐고 했다
사는 게 바빴다고 나는 말했다
나무는 괜찮다고 한다

오래전
푸른 눈을 가진 이방인이 너를 사랑했다 들었다
그래서 내가 찾아왔다 외롭지 말라 했다
사실은 기다렸다고 나무는 말한다

셔터를 누르는 순간에도 나무는 외로웠다
비가 내렸다 폭우였다
카메라에는 습기가 차오르고
렌즈에는 물이 가득했다

더는 사진을 찍지 못하고
빗속의 나무를 오래오래 보았다
나무는 바람에 몸을 떨었다

슬프고 서러운 것
외로운 것은 모두 시간에 있다

태풍이 지나가도 그것들은 남는다
오래도록 붙어 나무와 함께 뿌리가 되고
가지가 되고 잎사귀가 된다
그것들은 곧 꽃이 된다

태풍이 지나도 나무는 그 자리
계절은 부지런하고
나는 괜찮다

*푸른 눈을 가진 이방인: 에밀 타케 신부

김택수

서면정을 기다리는 편지 외

가을이 사라진 우리 동네에는 한밤중 변기 뚜껑 닫는 소리 때문에 크게 싸우고 집을 나온 사람이 있다. 휘청거리는 사다리에 올라 3층 건물의 간판을 제거하는 위험한 일을 하는 사람이 있고, 간판이 떨어져 쿵 소리가 날까 봐 가슴 졸이며 걸음에 속도를 내어 그 앞을 지나가는 사람이 있다. 그 사람은 아무 일도 일어나지 않기를 바란다. 동물병원 앞에는 다리를 들어 주인에게 안아주세요라고 애원하듯 바라보는 강아지가 있다. 강아지는 주인의 마음을 움직이는 방법을 알 것이다.

겨울은 우리 동네를 시작으로 속도를 내어 마침내 도시를 삼킨다. 온통 찬 바람이 부는 우리 동네는 지난밤 빗속에 화분 하나를 훔쳐 간 사람이 산다. 그 사람은 화분과 주인의 사연을 모른다. 그의 집 앞에는 여러 곳에서 가져온 화분이 가득하다. 나무는 잘 자라고 물을 주는 얼굴은 행복이 넘친다. 복지관에 가야 하는 선생님은 횡단보도 앞에서 지갑을 뒤적거린다. 버스카드를 놓고 왔을지도 모른다. 그는 어쩌면 운이 좋았다. 빨간색 엑센트와 접촉사고가 난 1132번 버스 운전사는 운이 없었다. 사고 이후 발을 동동 구르는 손님들은 버스 운전사의 개인 사정에는 관심이 없다. 맨바닥에 쪼그리고 앉아 담배만 태우는 운전사는 인사 잘 하기로 소문난 모범 운전사였다. 우리 동네엔 한 시간 거리를 이동해 마크라메를 배우는 사람이 있다. 한 올 한 올 엮어가며 불운의 순간들을 지워간다. 마크라메 원데이 클래스를 진행하는 선생님은 잠시도 앉아있지를 않고, 수강생 한 사람 한 사람에게 지도하며 기침을 멈추지 않는다. 말을 많이 하는 날이다. 손님이 없는 카페에는 집이 기억나지 않는다며 아내에게 전화하는 사람이 있다. 그 사람은 기분이 좋다. 전화번호를 기억해 다행이라고 한다. 놀란 얼굴로 남편을 데리러 온 아내는 기분이 좋지 않았지만 내색하지 않는다. 옷깃을 여며주고 양 볼을 다독이는 손이 떨고 있었음을 남자는 모른다. 남편의 얼굴이 해맑을수록 아내의 수심은 단단해진다.

우리 동네에는 책방이 있다. 책방을 하는 사람은 걱정이 많다. 걱정을 감추려고 웃는데 웃지 못한다. 자고 일어났더니 엉덩이가 아팠다고 한다. 걸음마다 미간에 깊은 주름이

김택수

뚜렷해진다. 그는 거울이 보기 싫다고 한다. 우리 동네에는 책방에 매일 가는 청년이 있다. 책방 사장 행동을 보는 것이 재미있다고 한다. 그는 책방의 마감을 함께 한다. 책방 사장은 매일 막차를 타고 들어간다. 막차를 놓치면 집에 가는 길이 험하다며 분주하게 움직인다. 하지만 그는 막차를 놓치고 만다. 책방 사장은 엉덩이가 아파 달리지 못했다. 우리 동네에는 화분을 훔쳐 간 사람보다 오래 산 나무가 있다. 겨울을 아는 나무는 몇 개 남지 않은 잎을 아직 놓아주지 않았다. 앞일을 모르는 잎은 나무를 떠나는 꿈만 꾸었다고 한다. 바람을 이용한 위대한 점프 기술은 배우는 것이 아니고 타고나는 것이라고 잎들은 아우성거렸다. 잎은 이제 막 나무를 떠난다. 그 비행의 끝이 부대 자루에 실려 가는 여정임을 알지 못할 것이다. 우리 동네에는 푸딩을 만드는 사람이 산다. 그 푸딩을 맛본 사람은 하루의 사치로 어제의 노곤함을 위로한다고 한다.

우리 동네에 가을은 이제 없다. 제일정형외과 대합실에는 사람이 넘쳐나고 길 건너 카페에는 손님이 없어 걱정이다. 기계세차에서 BMW가 나오자 담배를 끊고 달려가는 외국인 노동자가 있다. 이미 너덜너덜해진 마른수건은 그의 손보다 돈을 벌어준다. 그에게 겨울은 쉽지 않다. 피자를 배달하는 청년도 있다. 그는 헬멧을 목에 걸고 신호를 무시하며 위험한 라이딩을 한다. 얇은 점퍼를 입고 겨울이 뭐냐는 듯 젊음을 낭비한다. 가파른 언덕을 오르는 손수레에는 폐지가 가득하다. 노인은 지난여름에도 지난겨울에도 같은 일을 해왔다. 겨울은 겨울일 뿐. 오늘은 점심을 두둑이 먹으리라고 주머니 속 동전을 셈한다. 우리 동네 요구르트 아줌마는 허리가 아프고, 알바를 가는 주부는 다리를 절었다. 친구가 가게를 오픈했다며 책을 추천해달라는 사람은 황정은의 <계속해보겠습니다>를 들고 책방을 나선다. 우리 동네에는 가게 하나가 생기고, 가게 하나가 사라졌다. 아이가 하나 태어나고, 노인이 여럿 떠났다. 집을 잘못 찾은 우편물은 몇 년째 주인을 기다린다. 긴 시간이 지나고 봄이 올 무렵, 서민정을 기다리는 편지는 녹슨 우편함에서 또 한 계절을 보내게 됐다고 한다.

김택수

김택수

작가소개 때만 되면 멀뚱멀뚱 눈치만 살피고 있는 사람이
지구불시착이라는 책방을 하고 있습니다.
오래오래 책방을 하고 싶어합니다.

   윤동주와 백석은 프랑시스 잠과 라이너 마리아 릴케, 도
연명 이런 시인의 이름을 외우고, 나는 김종완과 김현경,
김은지, 유야, 순심과 서희, 김봉철 이런 이름의 독립출판
작가를 애정합니다. 승민, 연우, 하루 백 번을 부르고도 모
자랄 아들과 딸 이름과 천 번, 만 번을 불러왔던 아내의 이
름을 사랑합니다. 오랜 시간 함께해온 가족의 이름을 존경
하기 시작했고, 바로 전에 알게 된 손님의 이름을 기억하
려 합니다. 무수한 별과 꽃, 살아있는 것에 이름을 지어주
듯, 말하지 못하는 것과 움직이지 못하는 것에도 심지어
이름이 없던 사물에도 적당한 이름을 만들어봅니다. 또 나
는 넘쳐나는 책방의 이름을 외는 것도 좋아합니다. 밤수지
맨드라미 같은 아름다운 이름, 헬로인디북스와 같은 책방
이름은 언제 들어도 정겹습니다. 지구불시착 같은 유니크
한 이름도 있습니다. 도도봉봉은 깨물고 싶은 책방 이름입
니다. 책방은 저마다의 이름으로 오래오래 불려주기를 바
라고 있습니다. 맑은 오후 나뭇잎 사이로 쏟아지는 햇빛,

김택수

그리고 그 빛에 일렁이는 그림자들, 새 치약을 짤 때 밀려 나오는 순도 100%의 청량함, 드립 커피를 내릴 때 후와 하고 부풀어 오르는 것을 볼 때 이런 것들은 왜 이름이 없을까 하고 생각해봤습니다. 장담할 순 없어도 시가 존재하는 이유도 그중 하나일 거라고 믿어봅니다. 이름 시를 쓰면서 많은 이름을 불러봤습니다. 피천득처럼 쓰지는 못했지만 그가 사랑했던 문학만큼 시를 좋아하게 되었습니다.

내 이름과 지구불시착의 이름을 불러주신 모든 분께 빠짐없이 빠짐없이

장혜현

벌새에게

겨울새가 하늘로 떼 지어 날아간다

너희들은 좋겠다
겨울을 다 보내서

너희들은 좋겠다
그렇게 군무를 추며 돌아갈 수 있어서

나도 좀 데리고 가
안 되면 내 심장이라도 좀 쪼아 먹고 가

장혜현

P

우리는 사 년을 어떤 두려움도 없이 매일 만났다. 감독이 애착을 갖고 만드는 영화처럼 서로의 시시한 부분까지 체크하며 매일 밤 상영觸詠했고, 고단하면 서로의 머리를 베개 삼아 잠들기도 했다. 그 시절 무엇보다 내가 사랑한 건 그의 허기였다. 그가 풍족한 사람이 아니라 자주 배고픈 사람이라 좋았다.

그러니 우리의 이별이 허무하거나 매정하다고는 생각지 않는다. 사철 우리는 시장한 사람들이었으니 사랑을 하는 것도 다행이었고, 꿈에 목마른 사람들이었으니 가난에 약을 발라줄 수도, 하루하루 값싸게 구애할 수도 있었다.

단지 그 고달픔이 보상받았을 뿐이다. 가난이 뭔지 알아서 꿈을 잃어본 적이 있어서 배고픈 적이 없는 사람처럼 굴고 싶을 뿐이다. 서로의 다음 영화 속 주인공이 바뀌었을 뿐이다.

어떤 지우개도 너무 박박 지우다 보면 종이를 찢기 마련.

그 시절을 지우려다 내가 찢어지는 일이 없도록 종이 위 자욱한 당신의 이름을 덧써보려 한다. 그러니 언제 어디가 되었든 이 허기진 세상에서 당신만은 만복滿腹이기를…….

장혜현

일기 예보

오늘의 날씨는

햇빛은 허정거리고
구름은 갈팡질팡대며
비바람은 오락가락하니

현재 하늘, 당신같이
매우 꼬질꼬질한 상태입니다

그리고 무엇보다 비 갠 뒤
맑은 하늘은 더욱더 쓸쓸할 테니

외출 시에는 기분 안전에
각별히 유의하시기 바랍니다

녹다운

K.O.

이번에도 져주었습니다. 당신과
계속 게임을 하고 싶었거든요

당신이 나의 현실이 되거나
매일이 되는 건 가능한 한
피해보고 싶습니다

이 게임 안에서

조금 더
조금 더
당신에게 상처받고 싶어요

그러니 자, 어서
날 녹다운시켜주세요

장혜현

액체 괴물

눈 떠보니 이별은 말라붙어 있다가
눈 떠보면 이별은 액체 괴물처럼 물컹거리고

눈 떠보니 이별은 남루를 걸쳤다가도
눈 떠보면 이별은 신의를 빼입고 좋다고 야단이었다

이렇게 이별은 지워졌다가도 선명해지니

어느 날엔 당신이 잠수사 같았고
어느 날엔 당신이 물 위의 부표 같았다
그렇게 또 한 차례 이별은 나의

눈물이 되었다가
한담이 되었다가
여담이 되었다가

그러다가 그러다가 그러다가

이별이 정이 들 때쯤 눈을 떠보니
눈물은 공기 중에 사라지고
당신은 내 핏줄 속 피가 되어 있더라

장혜현

구출 작전

위로되는 사람이 있습니다. 위로해주고픈 사람도 있습니다. 이러다 보니 자신의 사명을 아는 위로는 방향성을 가집니다. 전달도 가능해집니다. 전할 때는 온함이 보태집니다. 상대의 현재를 알기 때문입니다.

그럼 상대는 받은 위로를 거듭된 생 사이에 책갈피처럼 끼워두었다가 긴한 사람이 나타나면 돌려줍니다. 위로는 시간이 지나도 형태가 그대로입니다. 그리고 그때 즈음엔 자신의 아문 상처를 증거처럼 내보일 수도 있을 것입니다.

받아두었다 돌려주는 일

긴한 곳에 다시 쓰이는 일

돌이 일으킨 파문처럼 그도 천천히 일으키는 일

이 모두를 위로는 해냅니다.

그러니 받아두면 될 일입니다. 언젠가 쓰일 일이 있을 것입니다. 갚을 수 없겠지만 분명 누군가를 구할 수는 있을 것입니다.

이제 반쯤 행복해졌다

순간 나는 내 인생이 이 사람으로 꽉 차 있는 게 무서워,
옆에 있는 회전목마를 가리키며 달아나야겠다고 생각했
다.

"타도 될까?"
음악이 울리고 나를 태운 목마는 천천히 돌기 시작한다.
목마가 위아래로 움직이며 한 바퀴 돌아 와 나는 웃으며
그에게 손을 흔들고,
또 한 바퀴 돌아 나를 계속해 그의 앞으로 데려다 놓을
때마다 앞으로 느낄 감정도 점점 선명해졌다.

그와 함께여도 외롭겠다는 생각,
결국 혼자라는 감각 그러면서도 그가 시야에서 사라진
순간 홀가분함,
그때 느낀 해방과 고독감 그리고 뭐라 말할 수 없는 지
금 이 슬픔들까지.

장혜현

모든 건 내가 예상한 결말 그대로였다. 사실 다 알면서
도 사랑한 거지만.

　목마가 또 한 바퀴 돌아,
　펜스 밖 홀로 서있는 그의 모습이 보인다.
　나는 더 크게 손을 흔들며 더는 내게 나눠줄 사랑이 없
는 그에게서 최대한 멀리 도망가보자고 생각했다.

　아주 촌스러운 행동일지는 모르겠지만.

장혜현

여행 가방을 근 한 달이 지나서야 풀었다
여행 중 넘어진 무릎은 걸을 때마다 욱신거려
오늘에서야 진료를 받았다

다사했던 여정을 풀며
반성은 두었고 후회는 치웠으며

뭐라도 달라질 줄 알았던 나는

여전히 조금 게으르고
아직도 조금 미련하다

어떤 답은 여전히 아프겠지만

"사랑이 무엇 같나요?"

작년 여름, 북 콘서트 자리에서 한 독자가 내게 물었다.
서른 개는 족히 넘는 시선이 일제히 내게 쏠렸다. 내게서 나
올 현답을 기대하는 듯한 눈빛이었다.

나 역시 작가라는 감투를 쓰고 있는 지금 사랑의 정의에
대해 멋들어지게 설명하고 싶었지만, 이상하게 어떤 말도
머릿속에 떠오르지 않았다. 단어가 엉켜서라기보단 단어들
이 다 어디론가 숨은 듯한 기분이었다.

그렇다고 '제가 지금껏 사랑이 뭔지도 모르고 글을 썼네
요' 이런 우답도 '숱하게 연애를 해봐도 사랑은 여전히 모르
겠어요' 이런 고백도 할 수 없는 노릇이었다. 그렇게 한참
답을 못 내고 생각만 길어지고 있는데 문득 얼굴 하나가 떠
올랐다. 나를 애태우고 끝없이 상처 주며 끝내는 무참히 버
렸던 사람이지만 사랑이란 단어 앞에선 이렇듯 당당히 얼굴
을 내미는 사람.

나는 또 어쩔 수 없이 그와 마주하며 "사랑은 용서 같아요. 사랑이 자꾸만 상대를 용서하게 하는 것 같아요"라고 답을 했다.

이처럼 우리가 받는 질문들은 어떤 답을 향해 나아간다. 사랑에 대한 질문이 결국 그에게 가닿는 것처럼 각자 삶에서 사유한 것들을 통하여 저마다의 답을 내어놓는다.

어떤 답은 반가울 것이고 어떤 답은 해명일 것이며 어떤 답은 여전히 아플 것이다. 하나 질문에서 답에 이르는 길은 마치 사랑의 첫 만남과 끝맺음처럼 아무것도 해결되진 않지만 아무것도 없지는 않을 것이다.

장혜현

김현

지인과 용준에게

- 두 사람이 가지세요

드디어 오늘입니다
두 사람은 오늘도
서로 다른 사랑을 맹세하려고 할 겁니다

저는 두 사람이
다른 사랑을 가졌다는 걸
축복하고 싶습니다

그는 긴급한 사람으로서
사람을 구하는 사랑을 생각할 겁니다
그의 하루 대부분을 움직이게 만드는 그것을요

그녀는 책을 가까이 두는 사람으로서
사람을 읽는 사랑을 생각할 겁니다
그녀의 하루 대부분을 조용하게 만드는 그것을요

김현

그는 밤에 익숙한 사람으로서
올빼미의 지혜를 길잡이로 삼는 사랑을 생각할 겁니다
그의 논리가 흑백이 되지 않게 하는 것을요

그녀는 아침에 익숙한 사람으로서
일찍 벌레를 물어 오는 뱁새를 존경하는 사랑을 생각할
겁니다
그녀의 노동이 밥벌이가 되지 않게 하는 것을요

그는 그녀를 맞이하는 사람으로서
그의 사랑을 의심하게 될 겁니다
그녀의 사랑이 의심받지 않게 하기 위해서요

그녀는 그를 맞이하는 사람으로서
그의 사랑을 궁금해할 겁니다
그의 사랑이 정답이 아니라 질문이 되게 하기 위해서요

두 사람은 한집에서
함께 먹고 함께 자고 함께 포옹하며
대한민국은 민주공화국이다
대한민국의 주권은 국민에게 있고 모든 권력은 국민으

로부터 나온다
　박근혜 퇴진을 외치고
　차별과 혐오에 반대하는 사람들로서
　두 사람의 사랑을 서로에게 청유하게 될 겁니다

　부탁하는 사랑에
　미래가 있음을

　두 사람은 실천합니다

　그러니 오늘입니다
　두 사람은 서로 다른
　사랑을 맹세하고 사랑을 다 가지세요

　가끔 한 이불 속에서도
　손부터 잡을지
　발부터 맞댈지를 고민하는 부부란
　참 사랑스럽지 않겠습니까?

김현

경언과 상필에게

- 오늘의 시

무엇보다
우리의 삶이 늘 시적일 필요는 없다

책상에
볕이 들고 어둠이 스밀 때까지
두 사람이 궁리하는 것이
둥근 나무의 일몰이라면
긍지라는 건

경언아
송창식을 들으며
홀로 맹물에 밥을 말아 먹고
눈물 앞에 허수아비처럼 서 있게 되더라도
이해하지 말자
둘이라는 건

상필아
출근 때문에
리버풀 경기를 포기하지 말고
꽃이 활짝 피면 꽃 사진을 찍는
아저씨가 될지언정
헤아리지 말자
기쁨이라는 건

빛을 수집하여
글자로 채울 수 없는 여백에 두고
기차를 타고 국경을 넘을 때 집 생각이 간절해진다
완성이라는 건

빵 옆에서 세상 진지한
시인이랑 친구 먹으니 시집도 선물받는다 얏호 외치는
그해 여름 미소가 예쁜 갱
짝눈으로 세상의 평화를 기원하는 유뽕
사람이라는 건

졸릴 때 자고
배고플 때 먹고

김현   143

일할 땐 일하고
놀 땐 놀게 하소서
아픔 없이 데려가소서
믿음이라는 건

의자에게 빚진 생각만큼 의자의 그림자를 바라보고
오래 말하지 않아도 무섭지 않고
친구들과 작은 운동장에 모여 일광욕을 하고
어제오늘 부쩍 산다는 건 뭘까, 라는 생각이 든다
행복이라는 건

좋은 날씨는 천사와 함께 온다
꿈에서는
알아서 자라는 사랑을 꿈꾸고
잠들기 전까진 알 수 없는 사랑을 가꾸길
슬픔이라는 건

비록
집에서 우리를 기다리는 것이 여전히 암흑일지라도
걱정 말고
불을 밝히고 탁자 위에 놓아두는 것이다

사랑이라는 건

오늘의 집에
두 사람이 들고 온 것이 아니라
두 사람이 들고 나가지 않은 것
덕분에
한 사람이 한 사람에게 다가간다
그것이 두 사람이 함께
쓰는 시다

김현

지혜와 석희에게

- 꿀을 주세요

슬픔을 한 손에 쥔 사람과
기쁨을 한 손에 쥔 사람이
한날한시에
그 둘을 떨어뜨리는 날도 있다

사랑은
자연의 섭리가 아니라
신조차 알 수 없는 창조물의 의지로

두 사람은 눈멀어
슬픔 은빛과 기쁨 금빛을 알아보지 못해
서로의 슬픔과 기쁨을 쥐고 멀어졌다가
시간이 허락될 때마다
내 것이 아닌 슬픔과 내 것인 적 없던 기쁨을
탁자 위에 세워두고
회전을 멈추지 않는다

사랑은 360도

두 사람
한낮에 달을 보고
한밤에 닭 울음을 듣고
듣도 보도 못한 확신 속에서
찾아 나선다
기쁨과 슬픔의 한 푼을 제자리로 돌려놓기 위해
과학과는 거리가 멀고
국어와는 거리가 가까워서
시간을 되돌리려 애쓰지 않고
시간을 적는다

모월 모일 두 사람은
출퇴근하고
지하철에 올라
책을 펼치고
배를 타고
우리 노를 저어 가요 넓은 바다로 두려움 없는 곳으로
집으로 가서 손발을 깨끗이 닦고
꼭 이런 문장이 존재하는 곳에 정박하여

김현

밑줄
마음은 내어주되 머물지는 마라
영원을 책장 사이에 끼워둔다
아름다운 흑맥주도 한 모금

꿈결에
얼떨결에 둘은 파도에 올라
헤엄쳐서
최초로 다가가서 서로에게 말 건다
이것은 당신의 것
당신의 것은 이것

사랑은
잃어버린 것을 찾지 않고
얻은 것을 내어 주는 것

기쁨과 슬픔이
동시다발적으로 발생할 때
어디선가 언젠가 누군가
오징어볶음 하나 고등어자반 하나
청국장 하나 다 먹지도 못할 음식을 주문하고

붙어 먹는 소리
마침내 똥오줌을 가리게 된 아가와
회식하고 속병 앓는 이를 위해 설탕물을 타고
틀니를 소독하고
노인은 노인이 보는 가운데 조용히 눈감는다
잊지 말 것!
사랑은 반드시 누군가의 불행과 행복 곁에 있다

눈이 보이지 않는 천사
귀가 들리지 않는 천사
말 못 하는 천사가
사랑을 축원한다는 사실
맑은 침을 흘리는 작은 개가 꼬리를 흔든다

이로써 모월 모일 두 사람은
사랑의 공회전을 손바닥으로 덮고
이 모든 계절을 담보 삼아
사랑을 빌려 말한다

"   "

김현   149

김현

시집으로 <글로리홀>, <입술을 열면>이 있다.
어느 겨울엔가 혼자서 해변에 ♡를 그리고
그 안에 이름을 적어 넣는 사람을 본 적이 있다.

　세 편의 시는 혼인하기로 약속한 사람들을 위해 쓰였다. 국어사전에 의하면 혼인이란 단어는 여자와 남자가 예를 갖추어 부부가 된다는 뜻을 품고 있다. 오늘날에는 많은 사람의 축복 속에서 여자와 여자가, 남자와 남자가 예를 갖추어 부부가 되기도 한다. 생활동반자법 제정 촉구. 시는 과거와 현재의 산물이기도 하지만 무엇보다 미래의 산물이다. 시에 남겨진 이름은 우리가 모두 아는 이름이다. 당신 이름을 시의 미래로 삼아도 좋다는 말이다.

김현

이름의 무게

여기까지가 pages 3집 <이름, 시>입니다.

한때 너무나 좋아했던 사람이 있습니다.

"A야. 뭐 해?" "A야 밥은 먹었어?" "A야 이건 어때?" 그 사람과 이야기할 땐 항상 이름을 불렀습니다. 왜 그렇게 이름을 많이 부르냐고 물어도 그냥 웃었어요. 저는 이름에 담긴 중력이 그 사람을 내게로 조금 더 강하게 끌어당길 수 있다고 믿었거든요.

처음 만난 날 눈을 마주치지 못해 어색해하던 서로를 기억합니다. 함께 걷다 그녀를 데려다준 어느 날 집 앞에서 입맞춰달라던 그녀의 눈도, 가끔 내가 없는 집에 말없이 찾아와 기다리다 지쳐 내 침대에서 잠이 든 그 사람의 어깨에서 허리로 이어지는 실루엣도 아직 기억합니다.

많은 경우에 내 몫의 선택은 후회를 남깁니다. 선택은 오빠가 하라던 그 사람의 말에 잡고 있던 손을 놓았습니다. 헤어지던 순간 마지막 입맞춤에 한동안 많이 힘들어했던 것 같습니다. 내 몫으로 남긴 아픔이 마지막 입맞춤만큼 선명했으니까요.

몇 년이 지나 다시 만난 그 사람은 크게 변하지 않았습니다. 여전히 고운 얼굴과 말아 올린 머리. 눈에서 시작해 얼굴 전체로 이어지는 웃음. 맑은 목소리. 변한 건 옆에 있는 남자와 놀랍도록 무덤덤한 내 마음.

스치듯 인사를 나누고 돌아선 내게 떠오른 작은 의문,

'그런데 그 사람의 이름이 뭐였더라?'

77 page

PAGES 3rd COLLECTION

이름, 시

김나영
김은지
김택수
김현
이도형
이상영
장혜현

기획	**이상명**
교정/교열	**다미안** @damian_contigo
디자인	**김현경** @warmgrayandblue

펴낸곳	**77PAGE**
이메일	**77pagepress@gmail.com**
스마트스토어	**77page.com**
인스타그램	**@gaga77page**

초판 1쇄 발행	**2020년 5월 13일**

ISBN 979-11-968095-2-2

77page